孩子們在等著

荒井良二

story and pictures by Arai Ryoji

譯 游珮芸

孩子們在等著，

荒井良二純粹初心繪本選

這一刻，

我們都是好小好小的孩子，

一起奔跑，一起眺望，

一起回到那看得見地平線的地方。

步步出版

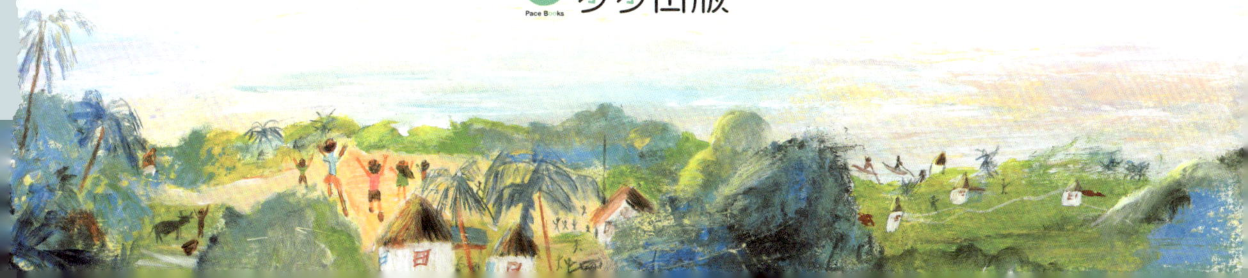

文圖／荒井良二
譯／游珮芸
2021.11 出版

與純然的生之喜悅，一同奔馳

文／**游珮芸**（臺東大學兒童文學研究所副教授）

有兒童文學界諾貝爾文學獎之稱的林格倫紀念獎，由瑞典政府創立於 2003 年，首屆的得主頒給了繪本大師莫里斯・桑達克和奧地利的兒童文學作家涅斯特林格，500 萬瑞典幣（約 1630 萬台幣）的高額獎金與重量級的獲獎人物，為這個獎項立下極高的權威性。本書的作者荒井良二則在 2005 年榮獲第三屆林格倫獎，評審團給他的評語是：

「荒井良二擁有自己獨特的風格——豪放、頑皮、難以預測。他的繪本散發出溫暖、嬉戲的幽默感和大膽的自發性，吸引了兒童和成人。在一場又一場的冒險中，色彩有如音樂般淌流自他的雙手。作為向兒童傳達故事的媒介，他的藝術既真實又富有詩意，鼓勵兒童繪畫以及講述自己的故事。」

2019 年在日本出版的這本《今天的我可以去到任何地方》，完全符合上述的評語，也很荒井良二。

豪放不羈中淌流的溫柔與浪漫

故事很簡單。「我」（少年）騎乘著一匹名為朝霞的白馬從黎明時分的荒原出發，要到城裡去參加祭典，準備在祭典中表演騎馬。在「我」奔馳前往的路上，隨著頁面的翻動，讀者看到了早起要去祭典賣手作娃娃的少女、拉著驢子公車的少年、準備去街頭

感動推薦

米雅
繪本插畫家

林彥良
非典型藝術家

馬尼尼為
作家／畫家

高明美
資深兒童文學工作者

黃米露
「小路映画」創辦人

黃海蒂
插畫家

黃惠綺
惠本屋文化書店創辦人

鄭淑芬
繪本創作者

文圖／**荒井良二**

1956 年生於日本山形縣。日本大學藝術學部美術系畢業。畢業後從事插畫工作，1990 年出版處女作《MELODY》後，正式以繪本作家身分出道。除繪本創作外，荒井良二亦從事廣告設計、舞台美術設計、作詞作曲彈唱等活動，堪稱多才多藝。2005 年獲得瑞典政府頒贈林格倫紀念文學獎，為日本首位獲此兒童文學殊榮的繪本作家。

譯／**游珮芸**

畢業於臺大外文系，日本國立御茶水女子大學人文科學博士。現任教於臺東大學兒童文學研究所，致力於兒童文學、文化的研究與教學，並從事文學作品翻譯與評論。譯有逾百本童書。曾獲得 2013 年金鼎獎兒童青少年圖書獎。作品範圍廣泛，涵蓋學術著作、採訪撰稿、攝影以及詩歌創作。

文圖／荒井良二
譯／游珮芸
2021.07 出版

獻給滿心期盼著什麼的童年

文／游珮芸（臺東大學兒童文學研究所副教授）

日本的繪本很少像西方繪本一樣，在書名頁前標示著作者或繪者將此書獻給某某人。不過，這本《孩子們在等著》很特別，創作者荒井良二在書本的最後，用了一個跨頁，寫下一段詩意盎然的文字，說明要將此書獻給日本繪本畫家長新太。因為荒井良二在大學時期，偶然讀了長新太的《看得見地平線的地方》，這成了他進入繪本創作這一行的契機；他希望自己有一天也能創作「像那樣的」作品，而這本《孩子們在等著》，就可說是荒井良二版的《看得見地平線的地方》。

《看得見地平線的地方》在台灣並沒有翻譯出版，先簡單介紹一下內容：全書都是跨頁滿版的圖像，有著不同風景的地平線，書中只重複著相同的一句話：「出現了！」書的開頭，是一片藍天與翠綠草原，交會出什麼也沒有的地平線。翻頁後的跨頁中，草原中冒出一個小男孩的頭，接著連續翻頁，依序出現的是：草原上的一頭大象、一座噴發的火山、海面上躍出一尾魟魚、浮出雲層的飛行船、海面的小冰山與企鵝、大鯨魚、海上巨輪、高聳入雲的大廈、原野中的小池塘、草原中的小男孩。

像這樣，不同地平線風景中出現的物件或生物，基本上毫無關聯性。所以小讀者在翻頁時，會與各種意想不到的風景「相遇」。

或許全書的構成，可以看成是出現在畫面中的小男孩心中的宇宙，也就是他心中變化萬千的想像世界吧！總之，這本繪本展現了想像力的自由與超能力，也打破了繪本敘說故事的框架。當然，荒井良二從中充分領略了無厘頭大師長新太不講究邏輯的樂趣，也十足獲得了他的真傳。

流動的時間中，喜孜孜的等待

《孩子們在等著》中也重複著相同的一句話：「孩子們在等著」，但比長新太版多一些文字，荒井良二具體點出了孩子們等待的事與物，寫成簡短而有韻律的詩文。孩子們等待的事物分別是：窗外大船航行而過、驢子隊到村落、貨運火車行駛過、雨停歇、夏天到來、駱駝隊經過、白雪紛飛、節日慶祝、貓咪從草叢蹦出來、夕陽落入海面、可以吹熄蠟燭的瞬間、月亮出來、清早拉開窗簾的時刻——乍看之下，似乎也沒有太顯著的邏輯。

仔細翻閱全書，每個跨頁都可以找到一條「地平線」，甚至是代替地平線的「棉被線」，荒井良二用畫筆，揮灑自如的向長新太致敬。同時，他也採用了首尾呼應的敘事模式，繪本開頭與結尾的畫面，可以看出是在海灣的同一地點，同一對小男孩和小女孩的家中。但故事從開窗看到大船駛過，到最末等待月亮出來後的隔天清晨，以拉開窗簾作結尾，比長新太的作品多了一種生生不息、時光流轉無盡循環的感受。

如果長新太的「地平線」，講述的是想像力的無窮魔力；那麼荒井良二的地平線，就是歌詠童年裡，源源不絕的喜悅源泉——那是對日常與非日常事物的欣然等待。試想，已經看過一次火車經過，還會興奮的等著看第二次、第三次、第四次的火車經過……。在那等待中，孩子眼中閃爍著期盼，等到之後，則是開心的雀躍之情。

很小的小孩，很大的大世界

荒井良二的繪本，看似幼兒的塗鴉之作，特別是書中出現的人物造型，總是充滿孩子筆下的特徵，而《孩子們在等著》中出場的小孩們也不例外：無論是仰頭企盼或是舉雙手開心舞動的樣子，都是孩子眼中的模樣。看了繪本的小讀者，可能會信心十足的跟大人說：「這樣的繪本，我也會畫！」

不過，跟幼兒畫作不一樣的地方是，幼兒通常會把人物畫得很大，因為在認知上，自己就是世界的中心；而荒井在《孩子們在等著》中，描繪的情境空間卻極廣大，出現在當中的孩子們相較之下，極為渺小。荒井良二以如此這般弔詭的「仿兒童畫」，帶小讀者進入一個又一個全景式的大場面，體驗超越尋常孩童視角的世界。

然而，世界無他，全因自己的發現與看見而存在。在與如此廣大而美麗世界相遇的孩子們，也禪意般的交融到世界裡……。在荒井良二的作品中可以讀出詩意、禪意，或者也可以不管任何意義，只享受他提供的觀看世界的角度與亮麗的色彩。

賣藝彈琴唱歌的少女、吹著口琴趕著牛群上山吃草的少年、某個人家剛剛有小寶寶誕生、一位在家中織毛線的婦人家中飛進了一隻蝴蝶、施放煙火的車隊……。

騎馬少年戴著一頂鮮黃色的墨西哥帽、披著一件紅色的披風，巨大的帽子宛如一顆炙熱的太陽，紅色的披風象徵少年的生命熱情，也是淋漓盡致活著的驅動力。白馬的鬃毛隨著奔躍飄動著粉紅、草綠與些許鮮黃，尾巴的毛則是明亮的粉紅色為主。白馬與少年奔馳的畫面貫穿全書，時而由遠方迎面奔來、時而奔騰跳躍、時而駐足、時而隱入背後的風景；欣賞少年與白馬奔馳的畫面，就像是聽播一首節奏明快、旋律愉悅的歌曲，強弱高低起伏，錯落有致。

少年與白馬是主旋律，其他跟少年一樣準備去參加祭典的少年與少女是副旋律，讓這個祭典的日子更加鮮明立體。有意思的是，荒井良二加入了參加祭典之外的「放牛的孩子」、「織毛線的婦人」、「剛出生的嬰兒」，這些變奏放緩了參加祭典的興奮步調，卻也使得與此「共時」的世界更臻圓滿。無論他們是放牛或是織毛衣，都正在與當下的世界（大自然）對話，欣賞、享受著此刻的美好。

興奮與緊張共存──祝福世界，也領受祝福

騎白馬的少年因為即將參加祭典、表演騎馬術，難掩興奮激動的心情，所以不斷重複的述說著，今天自己可以奔馳很久很久，奔馳到任何地方，甚至到天涯海角。有趣的是，少年還幾次重複的跟自己和白馬說：「跟平常一樣！」彷彿努力要自己鎮定下來，以平常心去面對騎馬表演就好，其實是用另一種方式幫自己加油打氣。

擺攤賣娃娃與街頭賣藝的少女也跟白馬少年一樣很緊張，她們則分別跟自己說：「有娃娃陪我，沒關係」、「唱錯了也沒關係」，正向迎接挑戰。在興奮與緊張共存的這個世界，看見剛剛誕生的嬰兒，白馬少年吟唱式的說著：「恭喜了，大家。恭喜了，世界。」他彷彿化身成吟遊詩人，為本書所描繪的世界下了一個註腳：「即使在遙遠的山裡，也有生命誕生。即使在遙遠的大海，也有生命成長。」

雖然主角參加大祭典表演騎馬，但沒有競賽爭取名次這回事。雖然故事的時空背景是某城鎮的大祭典，但也描繪了沒有參加祭典的人們，甚至剛剛誕生的嬰兒。看似有故事主線與副線，出現很多人物，但所有人物故事都是開放的，沒有所謂的「結局」。這的確是令人難以預測的荒井良二的作風，也是一首詩意的、欣喜澎湃的生命讚歌。

等著大船窗外過。

孩子們在等著，

等著驢子到村落。

孩子們在等著，

等著火車過大橋。

孩子們在等著，

等著雨過天氣好。

等著夏天來到。

孩子們在等著，

等著駱駝隊經過。

孩子們在等著，

等著白雪紛紛落。

孩子們在等著，

等著節日的餐桌。

孩子們在等著，

等著貓咪蹦出來。

孩子們在等著，

等著夕陽落入海。

孩子們在等著

等著熄滅蠟燭火。

孩子們在等著,

等著看月亮探頭。

孩子們在等著,

等著看月亮探頭。

孩子們在等著，

等著拉開窗簾的……

那一刻。

如果我大學的時候，沒有偶遇長新太的《看得見地平線的地方》，可能就不會創作繪本了。即便是現在，我仍在這看得見地平線的風景中，一條線，從那裡開始我的繪本之旅。漸漸的，雖然看不見那條線了，但只要探出頭來，還是可以看到孩童時的我站在那裡看著「地平線」。